AF389967

Un poète que sa situation n'obligeait pas au service militaire a voulu partir pour la guerre, qu'il a faite presque entièrement dans les tranchées de pneumatique. Il en est revenu converti au catholicisme par une sorte de miracle qu'il a raconté dans un livre admirable.

Depuis il a résolu de consacrer sa force et son génie à rendre la gloire de Jésus Christ et de ses saints.

Les quelques petits poèmes que je vais réciter chantent la louange de la bse Sainte Vierge et sa participation aux principaux mystères de notre Rédemption. C'est pourquoi le poète les a intitulés : Le Miracle de Jésus

Les vers que vous venez d'entendre sont de
M. Henri Ghéon

2 Sept. 1920

GHEON (Henri). Le Miroir de Jésus. Quinze petits poèmes composés sur les Quinze Mystères du Rosaire. Paris, L'Art Catholique, 1920, petit in-8, vélin blanc, dos lisse
orné, filets et large roulette dorée sur les plats, attaches de cuir, doublures et
gardes de soie brochée, tranches dorées, couverture et dos.

*EDITION ORIGINALE, tirée à petit nombre, ornée de compositions de
Maurice DENIS, gravées sur bois par Mlle Gabrielle Faure.
UN DES 25 EXEMPLAIRES NUMEROTES SUR VIEUX JAPON.
Envoi autographe et L.A.S. signés de l'auteur.*

LE MIROIR DE JÉSUS

QUINZE PETITS POÈMES COMPO-
SÉS PAR HENRI GHÉON SUR LES
QUINZE MYSTÈRES DU ROSAIRE

AVE MARIA GRATIA PLENA

DESSINS DE MAURICE DENIS
GRAVÉS SUR BOIS PAR MLLE FAURE

A L'ART CATHOLIQUE, 6, PLACE
SAINT SULPICE, PARIS MCMXX

Dimanche

Bien cher ami

Nous n'aurons la réponse
des interprètes que mardi
matin. Je vous le téléphone-
nerai aussitôt. En principe
le 2, semble leur convenir.
Les conditions tiennent (cinquante francs par acteur, tous
frais compris) mais il faudra
y ajouter la location des costumes qui regarde le directeur.
J'espère bien qu'il ne nous écorchera pas.

À Jeudi

Henri Ghéon

Dimanche

Mon cher ami

Nous n'aurons la réponse des entrepreneurs que mardi matin. Je vous le téléphonerai aussitôt. En principe le 21 semble leur convenir. Les conditions tiennent (cinquante/cent par acteur, tous frais compris) mais il faudra y ajouter la location des costumes qui regarde le directeur; j'espère bien qu'il ne nous écorchera pas.

À Jeudi

Henri Ghéon

POSTES
RÉPUBLIQUE FRANÇAISE
25

A René Philipon

en me permettant de

l'appeler mon ami

en N. S. J. C.

Henri Phéon

Juin 1920

LE MIROIR DE JÉSUS

LE MIROIR DE JÉSUS

LE
MIROIR
DE
JÉSUS

PAR
HENRI
GHÉON

A MA SŒUR MARIE

MIROIR

DE

JOIE

I

ANNONCIATION

La jeune fille sans rêves,
Assise dans son jardin,
S'étonne que du jasmin
La voix d'un Ange s'élève.

Que vous veut ce messager
Et pour qui cette corbeille ?
Vous n'avez rien demandé
Que de demeurer pareille,

Chaste, sage et chaque jour
Contente de peu d'amour,
Résignée à peu de joie...

C'est tout l'Amour aujourd'hui
Et toute la Joie aussi
Que le Maître vous envoie !

VISITATION

Jeune femme, courez vite !
Menez, au nom du Seigneur,
Le Fils de l'Homme en visite
Chez Saint Jean le Précurseur !

Il pèse moins qu'une olive,
Qu'une rose, qu'un essaim ;
Il bat moins que la captive
Hirondelle dans la main.

A son approche secrète,
Si son frère lui fait fête
Avant de l'avoir connu,

Ne craignez plus, à voix haute,
De célébrer le bel hôte
Que votre corps a reçu !

III

NATIVITÉ

Plus brillant que la promesse
Est-ce vous, mon bel agneau,
Que des deux mains je caresse,
Sous cet auvent de roseaux?

« Est-ce vous le roi du monde?
Je n'ai rien pour vous vêtir
Que la douceur qui m'inonde
En vous regardant dormir.

« Quand je vous sens solitaire,
Et si nu sur cette terre,
Fragile, craintif et froid,

« Ma pauvreté me fait honte ;
Mais pour vous garder, je compte
Plutôt sur Dieu que sur moi.

IV

PRÉSENTATION

Le lys entré dans l'averse
N'en sortira pas plus blanc ;
Ainsi la Vierge traverse
La cascade aux eaux d'argent.

Sur ses paumes rafraîchies
Elle offrira la primeur
Du jardin de modestie
A son Époux et Seigneur.

Le vieillard qui la salue
Renonce à vivre, à la vue
Du Fils attendu longtemps.

Et, s'endormant dans son rêve,
Montre à la Mère le glaive
Qui fauchera ce printemps.

V

RECOUVREMENT

Votre voile, ô triste mère,
Vient de se prendre au rosier ;
Je vois votre front rayé
D'une ride, la première.

« Où s'est égaré l'Agneau ?
Je l'ai quitté paissant l'herbe...»
— Il faut apprendre à le perdre
Pour le retrouver plus beau.

— Le voici et son jeune âge
Triomphe déjà des sages :
Il étonnera la mort.

Souriez donc ! Chaque absence,
Avivant votre souffrance,
Accroîtra votre trésor.

MIROIR

DE

PEINE

I

AGONIE AU JARDIN

Ses compagnons endormis dans l'ombre ;
Son Père au ciel et se refusant :
Un vide affreux où l'amour succombe ;
Pas un oiseau dans l'arbre tremblant..

N'y a-t-il donc que Jésus qui veille
Dans la prison d'une nuit sans fin ?
Qu'un abandon, le sien ? Qu'une oreille
En vain tendue aux voix du matin ?

Dans sa maison, la fenêtre ouverte
Sur la colline qui fut si verte
A contempler, au temps du bonheur,

La Mère aussi souffre l'agonie
Du Fils absent que son Père oublie
Et doit garder pour elle, ses pleurs.

II

FLAGELLATION

Quand j'avais peur, pour vous, d'une abeille,
D'un pli d'étoffe et de moins encor,
Quand voletait sur vos joues, pareilles
A l'abricot, la pruine d'or.

« Si l'on m'eût dit que bientôt, les hommes,
Portant la main sur tant de beauté,
Déchireraient, avant son été,
Le fruit parfait promis à l'automne,

« J'aurais caché au fond de mon sein
Le bien de Dieu qui est tout mon bien
Et j'aurais pris sur moi sa torture...

« Est-ce justice que ma douleur,
Du plomb volant qui bat votre cœur,
N'ait que l'écho, mais non la blessure ?

III

COURONNEMENT D'ÉPINES

Mères, mes sœurs, dites-moi quel rêve
N'aura pas fait pour son nouveau-né
En le berçant, une ronde aux lèvres,
La mère heureuse en sa pauvreté ?

« Si j'ai péché contre la sagesse
En couronnant votre front de fleurs,
Faut-il, mon Fils, que tant de tendresse
Vous ait valu tant de déshonneur ?

« O faible prince, où sont vos conquétes ?
Un rond d'épine étreint votre tête,
Un roseau sec tremble entre vos doigts...

« Je veux, du moins, sous ce pauvre règne,
Humilier mon rêve qui saigne
Et de mes maux vous faire le Roi... »

IV

PORTEMENT DE CROIX

Je veux le voir et n'être point vue ;
C'est déjà trop pour lui d'une croix !
Dans cette foule, comme perdue,
Si je défaille, ah ! soutenez-moi !

« Rien qu'une femme parmi des femmes :
Il ne meurt pas pour moi, mais pour tous.
Oubliez-moi, mon Fils, et mes larmes
Couleront mieux sur eux et sur vous.

« Une autre donc essuiera sa face ;
Une autre donc baisera la trace
Des pieds saignants ; un autre prendra

« Le bois pesant de sur son épaule...
— Et quant à moi, la Mère, mon rôle
Est de tomber quand Il passera.

V

CRUCIFIXION

Avec ma pauvre plainte de mère,
Que suis-je là-devant, mon Aimé?
Un Dieu qui meurt... oui! le grand mystère!
... Je vois un Fils, qui me va quitter...

« Qu'aucun rayon d'en-haut n'adoucisse
Une douleur que toute je veux!
A ma douleur je fais sacrifice
De la divinité de mon Dieu.

« Il voit mes pleurs et me les pardonne ;
J'accepterai l'enfant qu'il me donne
A consoler dans notre maison...

« Mais c'est trop peu pour tenir sa place ;
Entre mes bras qui plus ne l'embrassent,
Tous ses enfants, les hommes viendront.

MIROIR

DE

GLOIRE

I

RÉSURRECTION

Elle ne doutait point de lui ;
Le troisième jour était proche ;
Ayant prié toute la nuit,
Elle respirait sous le porche,

Quand, aux premiers feux du matin,
S'avancèrent les deux Marie ;
Elles se tenaient par la main,
Aussi craintives que ravies.

« Le Maître n'est plus au tombeau... »
Dit l'une ; mais l'autre, aussitôt,
Croyant que la Mère chancelle :

« Mère, mère, le Maître vit ! »
— La Mère sanglote, sourit :
« Je le savais déjà, dit-elle ».

II

ASCENSION

Mon Fils, me quittez-vous encor ?
J'ai peine à soutenir la vue
De votre visage dans l'or
De cette triomphale nue !

« Pour la troisième fois perdu,
Si vous rentrez au sein du Père,
Me serez-vous jamais rendu
Et redescendrez-vous sur terre ?

— C'est vous, ma Mère, qui, demain,
Gravirez le même chemin,
Pour ne jamais plus redescendre.

Mon Fils, mes pieds déjà sont las
De traîner mon corps ici-bas !
— Vous n'aurez que les bras à tendre. »

III

PENTECOTE

S ans Fils, au Cénacle sans Maître,
Parmi ses anciens compagnons,
Le plus doux reposant sa tête
Sur votre sein plein d'oraison,

Vous attendez, en patience,
Tout en lissant de fins cheveux,
Que l'épreuve de l'espérance
S'achève entre les bras de Dieu.

A bout de louange sacrée,
Les mots manquent à vos pensées,
Mais Dieu tonne dans la maison,

Et, grâce au fulgurant baptême,
Vous pouvez chanter en vous-même,
Dans toutes les langues, Son Nom.

IV

ASSOMPTION

Ainsi, sans passer par la tombe,
De la terre où poussent les fleurs
Au Ciel où les Anges font chœur,
Par le bleu chemin des colombes,

La Vierge qui n'eut que douleurs
Et plus qu'aucune mère humaine,
Endormant dans son cœur sa peine,
Refermant ses yeux sur ses pleurs,

S'envola tout droit, soulevée
Sur une toile immaculée
Par un essaim léger d'enfants,

Pour se réveiller rajeunie,
Telle qu'au matin de sa vie,
Quand Dieu lui fit de Dieu présent.

V

COURONNEMENT AU CIEL

Ici, le poète, ébloui
Renonce à peindre ce qu'il rêve ;
A sa prière, qui s'élève,
Il abandonne son esprit.

Il ne sait rien que de ce monde ;
Ses yeux ne se sont pas ouverts
Aux vibrations dont l'éther
Propage, autour de Dieu, les ondes...

Il s'arrête et songe à l'effroi
De la servante, aux pieds du Roi
Dont le front dévoilé rayonne,

A la déchirante douceur
Qui soudainement prend au cœur
La Mère que son Fils couronne.

M I R O I R

D E

G L O I R E

IL A ÉTÉ TIRÉ DE CET OUVRAGE
UN EXEMPLAIRE UNIQUE SUR
VIEUX JAPON, AVEC LES DESSINS
ORIGINAUX DE MAURICE DENIS (I),
VINGT-CINQ EXEMPLAIRES VIEUX
JAPON A LA FORME (II-XXVI),
CINQUANTE EXEMPLAIRES VÉLIN
D'ARCHES (1 à 50), ONZE CENTS
EXEMPLAIRES SUR VERGÉ PUR FIL
LAFUMA (51 à 1150), QUE L'ON
ACHEVA D'IMPRIMER LE 15 AVRIL
MCMXX SUR LES PRESSES DE
L'ART CATHOLIQUE, 6, PLACE
SAINT-SULPICE, A PARIS

Justification du Tirage

Nº VI

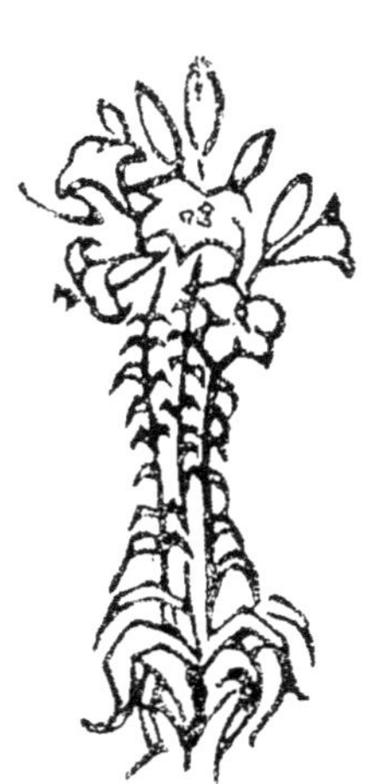